Marjolein Bastin

24 zauberhafte Geschichten

ADVENTSKALENDERBUCH MIT AUSKLAPPSEITEN

COPPENRATH

Inhaltsverzeichnis

Winternacht

Dämmerstille, Nebelfelder,
schneedurchglänzte Einsamkeit
und ein wunderbarer, weicher
Weihnachtsfriede weit und breit.

Nur mitunter, windverloren,
zieht ein Rauschen durch die Welt
und ein leises Glockenklingen
wandert übers stille Feld.

Und dich grüßen alle Wunder,
die am lauten Tag geruht,
und dein Herz singt Kinderlieder
und dein Sinn wird fromm und gut.

Und dein Blick ist voller Leuchten,
längst Entschlafnes ist erwacht …
Und so gehst du durch die stille,
wunderweiche Winternacht.

Wilhelm Lobsien

MB

1
MB

Altes Kaminstück

Draußen ziehen weiße Flocken
durch die Nacht, der Sturm ist laut;
hier im Stübchen ist es trocken,
warm und einsam, stillvertraut.

Sinnend sitz ich auf dem Sessel,
an dem knisternden Kamin,
kochend summt der Wasserkessel
längst verklungne Melodien.

Und ein Kätzchen sitzt daneben,
wärmt die Pfötchen an der Glut;
und die Flammen schweben, weben,
wundersam wird mir zumut.

Dämmernd kommt heraufgestiegen
manche längst vergessne Zeit,
wie mit bunten Maskenzügen
und verblichner Herrlichkeit.

Schöne Frauen, mit kluger Miene,
winken süßgeheimnisvoll,
und dazwischen Harlekine
springen, lachen, lustigtoll.

Ferne grüßen Marmorgötter,
traumhaft neben ihnen stehn
Märchenblumen, deren Blätter
in dem Mondenlichte wehn.

Wackelnd kommt herbeigeschwommen
manches altes Zauberschloss,
hintendrein geritten kommen
blanke Ritter, Knappentross.

Und das alles zieht vorüber,
schattenhastig übereilt –
ach! Da kocht der Kessel über,
und das nasse Kätzchen heult.

Heinrich Heine

Es weihnachtet sehr …

Die Tage werden immer kürzer und die Nächte immer länger. Wenn das so weitergeht, gibt es bald gar keine Tage mehr und nur noch Nächte.
Mir soll es recht sein, denke ich. Ich kann auch im Dunkeln genug sehen. Und was man nicht sehen kann, kann man ja hören. Und riechen.
Schlimm ist eigentlich nur, dass es so kalt ist. Ich habe es lieber warm. Richtig schön warm. Zum Glück ist es in unserer Stube richtig schön warm. Und in der Küche auch.
Aber immer nur drinnen hocken, das wird mit der Zeit langweilig.
Ich gehe also trotzdem nach draußen.
Noch schlimmer als die Kälte ist der Regen. Wasser finde ich das Letzte. Und Regen ist nichts anderes als Wasser, das vom Himmel fällt.
Gestern sind weiße Flocken vom Himmel gefallen. Die sind viel besser als Regen. Man kann sie fangen wie kleine weiße Schmetterlinge.
Aber sie sind langweilig. Sie fliegen nicht weg und bleiben am Boden liegen, bis alles von einem dicken weißen Teppich zugedeckt ist.
»Weihnachten steht vor der Tür«, sagt Mama.
Was sie damit meint, ist schwer zu verstehen.
Es steht niemand vor der Tür. Ich habe nachgeschaut.
»Alle Jahre wieder«, sagt Papa.
Was soll das denn, denke ich. Er sagt oft solche Dinge, die niemand versteht.
Aber das macht nichts. Ich muss nicht alles verstehen.
Und ich? Was sage ich?
»Miauu!«, sage ich.

Hanna Johansen

MB

2
MB

»Ja, ja«, sagte die Prinzessin, »aber was sagst du zu dem Apfelbaum, den ich im Garten meines Vaters gepflanzt habe? Er trägt Äpfel so groß wie Wagenräder.«
»Das ist noch gar nichts gegen den Apfelbaum, den ich gestern früh im Garten meines Vaters pflanzte. Am Abend war er schon so hoch wie der Kirchturm. Ich wollte die Äpfel pflücken und kletterte hinauf. Der Baum wuchs weiter und weiter, bis an die Wolken und noch viel höher. Da kam der Wind und trug mich fort, dreimal um die Erde. Dann ließ er mich fallen, ich fiel und fiel und landete in einem Fuchsloch und dort hast du, Prinzessin, gesessen und meine Stiefel geflickt!«
»Das ist nicht wahr!«, rief die Prinzessin. So bekam Stiefelchen sie zur Braut und das halbe Königreich dazu. Zum Lügen hatte die Prinzessin jetzt nicht mehr so viel Zeit. Nur einmal in der Woche dachten sich Stiefelchen und seine Frau die allertollsten Lügengeschichten aus.

Ein Märchen aus Schweden

Stiefelchen

Es war einmal eine wunderschöne Prinzessin. Sie hatte nur einen Fehler. Sie log immerzu. Ihr Vater, der König, war schon ganz verzweifelt. So beschlossen er und die Königin, der Prinzessin auch Lügen aufzutischen. »Sie wird uns nicht glauben, sich ärgern und rufen: Das ist nicht wahr. Und dann wird sie geheilt sein.« Also erzählten die Königin und der König und alle Leute im Schloss die tollsten Lügengeschichten. Aber nie sagte die Prinzessin: »Das ist nicht wahr!« Der König ließ deshalb im ganzen Land verkünden, dass die jungen Männer aufs Schloss kommen und Lügengeschichten erzählen sollen, und wer seine Tochter dazu brächte, dass sie sagt: »Das ist nicht wahr«, der sollte sie zur Frau haben.

Die jungen Männer kamen von überallher und gaben sich redlich Mühe, der Prinzessin die gewünschten Worte zu entlocken. Aber keiner schaffte es.

Im Reich lebte auch ein hübscher Schustersohn, den alle nur Stiefelchen nannten. Dieser kam nun eines Tages zum Schloss und wurde zur Prinzessin geführt.

»Einen schönen Tag«, grüßte die Prinzessin, »obwohl ich nicht sagen kann, dass der Tag schön angefangen hat. Es waren schon drei Männer hier und alle haben mir langweilige Geschichten erzählt. Wenn das so weitergeht, mache ich Urlaub auf dem Mond. Mein Vater hat dort ein Haus gebaut, das ist so groß, dass ich eine Woche brauche, wenn ich durch alle Zimmer gehen will.«

»Das Haus, das mein Vater auf der Sonne gebaut hat, ist noch viel größer. Bis ich durch alle Zimmer gegangen bin, brauche ich ein ganzes Jahr«, entgegnete Stiefelchen.

»Schön und gut«, meinte die Prinzessin, »einen so riesigen Ochsen wie mein Vater hat deiner bestimmt nicht. Unser Ochse hat einen so großen Kopf, dass zwischen seinen Hörnern ein Heuwagen Platz hat.«

»Das ist noch gar nichts gegen den Ochsen meines Vaters. Zwischen seine Hörner kann man eine ganze Scheune stellen.«

3
MB

Plättlein anrichteten und ihr der Geruch lieblich in die Nase stieg: – »Wenn wir jetzt nur ein gebratenes Würstlein dazu hätten«, sagte sie in aller Unschuld und ohne an etwas anders zu denken, und – o weh, da war der erste Wunsch getan. – Schnell, wie ein Blitz kommt und vergeht, [lag] auf den Grundbirnen die schönste Bratwurst. – Wie gewünscht, so geschehen. – Wer sollte sich über einen solchen Wunsch und seine Erfüllung nicht ärgern? Welcher Mann über solche Unvorsichtigkeit seiner Frau nicht unwillig werden? »Wenn dir doch nur die Wurst an der Nase angewachsen wäre«, sprach er in der ersten Überraschung, auch in aller Unschuld, und ohne an etwas anders zu denken – und wie gewünscht, so geschehen. Kaum war das letzte Wort gesprochen, so saß die Wurst auf der Nase des guten Weibes fest [...].
Nun war die Not der armen Eheleute erst recht groß. Zwei Wünsche waren getan und vorüber [...]. Noch war ein Wunsch zwar übrig. Aber was half nun aller Reichtum und alles Glück zu einem solchen Nasenzierrat der Hausfrau? [Sie]mussten die Bergfei bitten, [...] Frau Liese wieder von der vermaledeiten Wurst zu befreien. Wie gebeten, so geschehen, und so war der dritte Wunsch auch vorüber, und die armen Eheleute sahen einander an, waren der nämliche Hans und die nämliche Liese, nachher wie vorher, und die schöne Bergfei kam niemals wieder.
Merke: Wenn dir einmal die Bergfei also kommen sollte, so sei nicht geizig, sondern wünsche
Numero eins: Verstand, dass du wissen mögest, was du
Numero zwei wünschen sollest, um glücklich zu werden. Und weil es leicht möglich wäre, dass du alsdann etwas wähltest, was ein törichter Mensch nicht hoch anschlägt, so bitte noch
Numero drei: um beständige Zufriedenheit und keine Reue.
Oder so:
Alle Gelegenheit, glücklich zu werden, hilft nichts, wer den Verstand nicht hat, sie zu benutzen.

Johann Peter Hebel

Drei Wünsche

Ein junges Ehepaar lebte recht vergnügt und glücklich beisammen und hatte den einzigen Fehler, der in jeder menschlichen Brust daheim ist: Wenn man's gut hat, hätt man's gerne besser. [...]
Bald wünschten sie des Schulzen Acker, bald des Löwenwirts Geld, bald des Meyers Haus und Hof und Vieh, bald einmal hunderttausend Millionen [...] Taler. Eines Abends aber, als sie friedlich am Ofen saßen und Nüsse aufklopften [...], kam durch die Kammertür ein weißes Weiblein herein, nicht mehr als eine Elle lang, aber wunderschön von Gestalt und Angesicht, und die ganze Stube war voll Rosenduft. [...] Über so etwas kann man nun doch ein wenig erschrecken, so schön es aussehen mag. Aber unser gutes Ehepaar erholte sich doch bald wieder, als das Fräulein mit wundersüßer, silberreiner Stimme sprach: »Ich bin eure Freundin, die Bergfei Anna Fritze, die im kristallenen Schloss mitten in den Bergen wohnt [...]. Drei Wünsche dürft ihr tun; drei Wünsche sollen erfüllt werden.« [...] Die Frau [...] war schon im Begriff, den Mund zu öffnen und etwas von ein paar Dutzend goldgestickten Kappen, seidenen Halstüchern und dergleichen zur Sprache zu bringen, als die Bergfei sie mit erhobenem Zeigefinger warnte: »Acht Tage lang«, sagte sie, »habt ihr Zeit. Bedenkt euch wohl und übereilt euch nicht.« Das ist kein Fehler, dachte der Mann und legte seiner Frau die Hand auf den Mund. Das Bergfräulein aber verschwand. [...]
So glücklich nun unsere guten Leute in der Hoffnung schon im Voraus waren [...], so waren sie jetzt doch recht übel dran, weil sie vor lauter Wunsch nicht wussten, was sie wünschen wollten [...].
»Nun«, sagte die Frau, »wir haben ja noch Zeit bis zum Freitag.«
Des andern Abends, während die Grundbirnen zum Nachtessen in der Pfanne prasselten, standen beide, Mann und Frau, vergnügt an dem Feuer beisammen, sahen zu, wie die kleinen Feuerfünklein an der rußigen Pfanne hin und her züngelten [...], und waren, ohne ein Wort zu reden, vertieft in ihrem künftigen Glück. Als sie aber die gerösteten Grundbirnen aus der Pfanne auf dem

MB

4

Gibt es ein herrlicheres Vergnügen,
als zuzuschauen, wie sich alle Menschen
an einem Festtag freuen und ihre Herzen
an dem Strahl der Fröhlichkeit erwärmen,
der rasch, aber lebhaft durch die dunklen
Wolken des Lebens bricht.

Jean-Jacques Rousseau

Weihnachtsfreuden

Am glänzendsten aber sind die Abendstunden, in welchen diese breite Straße von vielen tausend Lichtern aus den Buden von beiden Seiten erleuchtet wird, dass fast eine Tageshelle sich verbreitet, die nur hie und da durch das Gedränge der Menschen sich scheinbar verdunkelt.

Alle Stände wogen fröhlich und laut schwatzend durcheinander. Hier trägt ein bejahrter Bürgersmann sein Kind auf dem Arm und zeigt und erklärt dem laut jubelnden Knaben alle Herrlichkeiten. Eine Mutter erhebt dort die kleine Tochter, dass sie sich in der Nähe der leuchtenden Puppen, deren Hände und Gesichter von Wachs die Natur anmutig nachahmen, näher betrachten könne. Ein Kavalier führt die geschmückte Dame, der Geschäftsmann lässt sich gern von dem Getöse und Gewirr betäuben und vergisst seiner Akten, ja selbst der jüngere und ältere Bettler erfreut sich dieser öffentlichen, allen zugänglichen Maskerade und sieht ohne Neid die ausgelegten Schätze und die Freude und Lust der Kinder, von denen auch die geringsten die Hoffnung haben, dass irgendetwas für sie aus der vollen Schatzkammer in die kleine Stube getragen werde.

So wandeln denn Tausende scherzend mit Plänen zu kaufen, erzählend, lachend, schreiend an den süß duftenden mannigfaltigen Zucker- und Marzipangebäcken vorüber, wo Früchte in reizender Nachahmung, Figuren aller Art, Tiere und Menschen, alles in hellen Farben strahlend, die Lüsternen anlacht.

Ludwig Tieck

MB

5
MB

sie besorgt die Einkäufe mit meinem Jaguar und kocht, wenn Gäste da sind, und kann auf der Schreibmaschine tippen, wenn auch langsam. Ich selber bin auch langsam, wenn ich diktiere. Sie haben einen Hund, der mich kaum stört, und Hühner, drei oder vier Gänse. Sie nennen mich beim Vornamen.

Max Frisch

Was ich mir also wünsche …

Was ich mir also wünsche: – so ein älteres Haus, meinetwegen aus Holz (weiß gestrichen) wie die Häuser in New England, eine ehemalige Villa mit dreizehn Zimmern etwa und einer Veranda. Ausblick gegen Norden: Wald (aber nicht lauter Tannen) und fernere Hügel. Gegen Süden schaut man über Wiesen mit einem schwachen Gefälle, Bäume in Gruppen da und dort, kein Park, der absichtlich angelegt ist. Rasen gibt es nur gerade vor dem Haus, wo man im Schatten einer alten Buche sitzt. Keine Kieswege. Gegen Osten oder gegen Westen sieht man in einiger Ferne stückweise einen See, der gelegentlich blinkt; jüngere Gäste können dort nicht nur schwimmen, sondern auch segeln, ich meine: windsurfen. Das Haus, da es weiß ist, müsste wieder einmal gestrichen werden, aber das vermag ich nicht. Übrigens ist es mir nicht klar, wessen Eigentum das ist. Wahrscheinlich zahle ich da einen Mietzins. Soweit man von der Veranda aus sieht, darf nicht mehr gebaut werden. Die Bäume in dem Gelände, das keine Zäune zeigt, sind je nach der Gegend, wo wir uns befinden, entweder Apfelbäume, Kirschbäume auch oder Birken, Erlen und so weiter. Im Winter liegt manchmal Schnee; man sieht Trittspuren von Wild. Die Bären sind ausgestorben. Ein Hochkamin in der Ferne. Die nächste Ortschaft ist klein, notfalls auch zu Fuß erreichbar. Dort gibt es eine Post und einen Bus in die Stadt, so dass ich auch Gäste habe, die keinen eigenen Wagen besitzen. Ich besitze immer noch meinen Jaguar von 1977, den ich kaum je benutze. Im Haus gibt es ein altes Piano (ich selber spiele nicht) und eine Bibliothek, die weit über meine Lesekraft hinausreicht, sowie ein großes Kamin, wo ich, wenn ich keine Gäste habe, Abende lang sitze, ohne zu wissen, was ich denke. Die Küche ist geräumig, nicht gerade modern, aber praktisch; immerhin gibt es eine Geschirrspülmaschine und einen Kühlschrank. Das alte Ehepaar, das im ehemaligen Gesindehaus wohnt, ist ein Glücksfall. Sie sind in dieser Gegend aufgewachsen. Er besorgt den sogenannten Garten, obschon er hinkt, und bringt das schwere Holz, das ich noch selber spalte;

6
MB

Pökeltopf allmählich. – Eine Gans wird es dies Jahr nicht geben, die sind allzu teuer, aber wir haben noch 2 Hähne, für Korols und für uns.
Große Sorge macht mir Ilses letzter Brief. Das Untersuchungsergebnis von Carl Johann klingt doch trostlos! Wir wagen nicht, zur Operation zu raten, deren Ausgang allzu ungewiss ist. Und doch, wie soll es ohne sie weitergehen? Und was soll werden, wenn er noch kranker wird? Werden sie den Garten überhaupt noch halten können? Der allein sie bisher vor Hunger bewahrte?
Mein Liebes, ich sage Dir gleich heute meinen herzlichen Wunsch und Gruß zum Fest. Meine Gedanken werden viel bei Euch allen sein.

Tausend, tausend Dank für alles, Du gutes Kind! Zärtlich küsst Dich

Deine Mama

Getrud Wallis

Nikolaustag

Jasienica, 6.12.52

Mein lieber Puz,

ist es nicht sinnig, dass Dein Päckchen heute kam? – Aber nein, das ist weit mehr als Niklas, das ist Weihnachten! Mag nun das andere ruhig erst Ostern kommen! Du hast wirklich einen erstaunlichen Riecher dafür, was uns fehlt! Seit Wochen kann Nanne ihre geliebte Taschenlampe nicht benutzen, weil sie hier keine runden Batterien bekommt, auch die großen, die man bekommt, verbrauchen sich so schnell. Birnchen sind auch sehr begehrt. – Sehr vielversprechend sind die Sohlen, sollen sofort probiert werden. Über die Binden bin ich sehr glücklich, die werden meinem unbotmäßigen Bein etwas Halt geben. Wie froh ich über die Tabletten bin, brauche ich wohl nicht zu betonen. Ebenso froh werden Korols über das langersehnte BBB sein, und Nanne ist's über die Baumwolle! Sardellenpaste und Heringsfilets wollen wir eigentlich zu Weihnachten aufheben – aber ob es gelingt? Bei Mokkabohnen und Nougattalern machen wir gewiss nicht erst den Versuch, aber das Stanniol(papier) davon wird verwahrt, Bonbons für den Baum darin einzuwickeln, auch die Verpackung des Zwiebacks ist dafür gut zu gebrauchen. Stecknadeln sind herrlich, da kann Frau Korol auch davon zu Weihnachten bekommen. Dass wir wieder Brühe im Schrank haben, ist sehr viel wert. Ja, bin ich nun durch? Hab tausend Dank, Du Gutes!
Seit dem 1.12. (in Wahrheit seit 24.11.) arbeitet Nanne wieder allein, die Kollegin kommt nicht mehr, und vor Neujahr ist niemand zu haben. Da Nanne sich doch bedeutend frischer fühlt als vor dem Urlaub und zz. kein Hochbetrieb ist, geht es. An sich hat das Alleinsein ja auch manches für sich, zumal jetzt, da es galt, die während des Urlaubs stark verfahrene Karre wieder ins Geleise zu bringen. Es darf nur nicht zu lange dauern und Weihnachten nicht zu viel Arbeit sein. Schade ist, dass sie nun nicht mehr nach Tanowo und Tatyn kann, wo man sie zur Abholung der Schlachtpakete bestellt hatte. Aber auch so füllt sich der

MB

7
MB

sagenhafte Liebesabenteuer ehemaliger, von der Schule verwiesener Mädchenhelden beleuchtet war. Der »Nordkaffer« war ein vierzehnjähriger, Gott weiß wie zu uns verschlagener Hamburger Schuljunge, den ich sehr verehrte [...]. Und Emma Meier war unbestritten das hübscheste Schulmädchen von Gerbersau [...].
Von jenem Tage an wälzte ich Pläne und Sorgen in meinem Sinn. Ein Mädchen zu küssen, das übertraf doch alle meine bisherigen Ideale [...].
Es wurde mir schnell klar, dass der solenne Minnedienst der Eisbahn hierzu die einzige gute Gelegenheit sei. Zunächst suchte ich denn mein Äußeres nach Vermögen hoffähiger zu machen [...]. Zugleich begann ich, auf dem Eise die etwa infrage kommenden Mädchen höflich zu grüßen, und glaubte zu sehen, dass diese ungewohnte Huldigung zwar mit Erstaunen, aber nicht ohne Wohlgefallen bemerkt wurde. [...]
Plötzlich, gerade unter der Brücke, rannte ich mit voller Wucht gegen jemanden an und taumelte bestürzt zur Seite. Auf dem Eise aber saß die schöne Emma [...]. »Helft mir doch auf!«, sagte sie zu ihren Freundinnen. Da nahm ich, blutrot im ganzen Gesicht, meine Mütze ab, kniete neben ihr nieder und half ihr aufstehen.
Wir standen nun einander erschrocken und fassungslos gegenüber, und keines sagte ein Wort. [...] Und plötzlich, während mir die Augen wie verschleiert waren, machte ich mechanisch einen tiefen Bückling und stammelte: »Hab ich die Ehre?« Sie antwortete nichts, ergriff aber meine Hände [...] und fuhr mit mir dahin. Mir war zumute wie in einem sonderbaren Traum. [...] Wohl eine Viertelstunde liefen wir zusammen. Dann machte sie an einem Halteplatz leise die kleinen Hände frei, sagte »Danke schön« und fuhr allein davon, während ich verspätet die Pelzkappe zog und noch lange an derselben Stelle stehen blieb. [...] Das Eis schmolz, und ich konnte meinen Versuch nicht wiederholen. [...] Aber es vergingen noch Jahre, ehe mein Traum sich erfüllte und mein Mund auf einem roten Mädchenmunde lag.

Hermann Hesse

Der Kavalier auf dem Eise

[...] Es war ein langer, strenger Winter, und unser schöner Schwarzwaldfluss lag wochenlang hart gefroren. Ich kann das merkwürdige, gruselig-entzückte Gefühl nicht vergessen, mit dem ich am ersten bitterkalten Morgen den Fluss betrat, denn er war tief und das Eis war so klar, dass man wie durch eine dünne Glasscheibe unter sich das grüne Wasser, den Sandboden mit Steinen, die fantastisch verschlungenen Wasserpflanzen und zuweilen den dunklen Rücken eines Fisches sah. Halbe Tage trieb ich mich mit meinen Kameraden auf dem Eise herum [...]. Wir übten Wettlauf, Weitsprung, Hochsprung, Fliehen und Haschen, und diejenigen von uns, die noch die altmodischen beinernen Schlittschuhe mit Bindfaden an den Stiefeln befestigt trugen, waren nicht die schlechtesten Läufer. Aber einer, ein Fabrikantensohn, besaß ein Paar »Halifax«, die waren ohne Schnur oder Riemen befestigt und man konnte sie in zwei Augenblicken anziehen und ablegen.
Das Wort Halifax stand von da an jahrelang auf meinem Weihnachtswunschzettel, jedoch erfolglos [...].
Am liebsten lief ich allein, oft bis zum Einbruch der Nacht. [...] Viele von meinen Kameraden benutzten die Zeit auf dem Eise, um den Mädchen nachzulaufen und zu hofieren. Für mich waren die Mädchen nicht vorhanden. Während andere ihnen Ritterdienste leisteten, sie sehnsüchtig und schüchtern umkreisten oder sie kühn und flott in Paaren führten, genoss ich allein die freie Lust des Gleitens. [...]
Da [...] kam mir eines Tages die Schülerneuigkeit zu Ohren, der Nordkaffer habe neulich abermals die Emma Meier beim Schlittschuhausziehen geküsst. Die Nachricht trieb mir plötzlich das Blut zu Kopfe. [...] Geküsst! Das war ein Ton aus einer fremden, verschlossenen, scheu geahnten Welt, das hatte den leckeren Duft der verbotenen Früchte, das hatte etwas Heimliches, Poetisches, Unnennbares, das gehörte in jenes dunkelsüße, schaurig lockende Gebiet, das von uns allen verschwiegen, aber ahnungsvoll gekannt und streifweise durch

8
MB

duckte sich hinter eine Windwehe von Schnee. Das Mädchen kam, sah den frischen Hasen, der alle viere von sich streckte, stellte richtig den Korb hin und bückte sich nach dem Hasen. Jetzt wischte der Fuchs hervor, er schnappte den Korb und strich damit querfeldein, gleich war der Hase lebendig und folgte eilend seinem Begleiter. Dieser aber stand gar nicht still und machte keine Miene, die Semmeln zu teilen, sondern ließ merken, dass er sie allein fressen wollte. Das vermerkte der Hase sehr übel. Als sie nun in die Nähe eines kleinen Weihers kamen, sprach der Hase zum Fuchs: »Wie wäre es, wenn wir uns eine Mahlzeit Fische verschafften? Wir haben dann Fische und Weißbrot, wie die großen Herren! Hänge deinen Schwanz ein wenig ins Wasser, so werden die Fische, die jetzt auch nicht viel zu beißen haben, sich daran hängen. Eile aber, ehe der Weiher zufriert.«

Das leuchtete dem Fuchs ein, er ging hin an den Weiher, der eben zufrieren wollte, und hing seinen Schwanz hinein, und eine kleine Weile, so war der Schwanz des Fuchses fest angefroren. Da nahm der Hase den Semmelkorb, fraß die Semmeln vor des Fuchses Augen ganz gemächlich, eine nach der anderen, und sagte zum Fuchs: »Warte nur, bis es auftaut, warte nur bis ins Frühjahr, warte nur, bis es auftaut!«, und lief davon, und der Fuchs bellte ihm nach, wie ein böser Hund an der Kette.

Ludwig Bechstein

»Auch der Kleinste kann die Welt verändern.«

Beatrix Potter, Peter Hase

Der Hase und der Fuchs

Ein Hase und ein Fuchs reisten beide miteinander. Es war Winterzeit, grünte kein Kraut, und auf dem Feld kroch weder Maus noch Laus. »Das ist ein hungriges Wetter«, sprach der Fuchs zum Hasen, »mir schnurren alle Gedärme zusammen.« –»Jawohl«, antwortete der Hase. »Es ist überall Dürrhof, und ich möchte meine eignen Löffel fressen, wenn ich damit ins Maul langen könnte.«
So hungrig trabten sie miteinander fort. Da sahen sie von Weitem ein Bauernmädchen kommen, das trug einen Handkorb, und aus dem Korb kam dem Fuchs und dem Hasen ein angenehmer Geruch entgegen, der Geruch von frischen Semmeln. »Weißt du was«, sprach der Fuchs, »lege dich hin der Länge lang und stelle dich tot. Das Mädchen wird seinen Korb hinstellen und dich aufheben wollen, um deinen armen Balg zu gewinnen, denn Hasenbälge geben Handschuhe; derweilen erwische ich den Semmelkorb, uns zum Troste.«
Der Hase tat nach des Fuchsen Rat, fiel hin und stellte sich tot, und der Fuchs

9
MB

Ich wollte aber doch so furchtbar gern gut sein und ging auf die Landstraße; vielleicht käme dort einer vorbei, dem ich helfen könnte. Ich setzte mich unter einen Baum und wartete. Ein paar Wagen mit Heu fuhren vorbei und einer mit Milchfässern, da konnte ich doch nicht helfen. Dann kam lange gar nichts, und ich döste vor mich hin und musste oft gähnen, denn es war heiß und langweilig.

Da sah ich einen kleinen Käfer auf dem Rücken liegen; der strampelte sehr und konnte nicht hochkommen. Ich drehte ihn vorsichtig um und freute mich, wie flink er davonkroch. Nun war ich schon ein bisschen gut gewesen, aber ich wollte doch gern viel mehr gut sein.

Endlich kam eine alte Frau mit einem großen Henkelkorb; dadrin waren viele Pakete, und ein Brot trug sie auch noch. Ich ging gleich zu ihr hin und sagte: Soll ich dir nicht das Brot oder den Korb tragen, alte Frau? Du hast es gewiss schwer.

Aber nein, wie furchtbar laut fing die Frau da zu schimpfen an: Wer ist hier deine Alte, du rotznasiges Ding! Was hast du hier auf der Chaussee rumzulungern und die Leute zu überfallen! Dann ging sie weiter und schimpfte immer noch vor sich hin.

Ich war furchtbar erschrocken und weinte und lief nach Hause.

Ich habe aber Vater nichts erzählt, ich habe mich so sehr geschämt. Was wird bloß der liebe Gott von mir denken, dass ich das Gutsein so falsch angefangen habe!

Ich ging still nach oben und räumte meine Puppensachen auf, Als alles hübsch ordentlich war, kam Line und machte die Betten. Siehst du, das ist nett von dir, dass du so schön Ordnung machst, sagte sie; und sie sah gar nicht mehr brummig aus.

Paula Dehmel

»Wie weit die kleine Kerze Schimmer wirft!
So scheint die gute Tat in rauer Welt.«

William Shakespeare, Der Kaufmann von Venedig

Vom Gutseinwollen

In der Religionsstunde sind wir jetzt fertig mit den Zehn Geboten, und Vater hat mir alles schön erklärt. Zuletzt sagte er: Sei du nur immer recht gut und hilfsbereit zu den Menschen, darüber freut sich der liebe Gott; und alles andre, was in seinen Geboten steht, kommt dann ganz von selbst.

Und nun habe ich mir vorgenommen, recht gut zu sein, und wollte gleich damit anfangen. Ich muss es aber noch nicht recht verstehen, denn es ging meistens verkehrt.

Zuerst wollte ich dem alten Steffens helfen: Dem wird es nämlich schon recht schwer, die große Wasserkarre durch den Garten zu schieben. Er lachte mich aber aus und sagte: Geh lieber Murmeln spielen; Wasser karren ist keine Arbeit für so'n kleines Fräulein.

Da ging ich zu Line und fragte die, ob ich ihr helfen könne. Die war aber brummig, ich weiß nicht warum, und sagte: Geh lieber und räume deine Puppensachen auf; da oben liegt alles wie Kraut und Rüben.

10

See, und wenn ich nicht gerade schwimme oder turne oder Tennis spiele oder mich von Karlinchen rudern lasse, sitz ich mitten in einer umfangreichen Wiese auf einer kleinen Holzbank, und vor mir steht ein Tisch, der in einem fort wackelt, und auf dem schreib ich nun also meine Weihnachtsgeschichte.
Rings um mich blühen die Blumen in allen Farben. Die Zittergräser verneigen sich respektvoll vor dem Winde. Die Schmetterlinge fliegen spazieren. Und einer von ihnen, ein großes Pfauenauge, besucht mich sogar manchmal. Ich hab ihn Gottfried getauft, und wir können uns gut leiden. Es vergeht kaum ein Tag, an dem er nicht angeflattert kommt und sich zutraulich auf mein Schreibpapier setzt. »Wie geht's, Gottfried?«, frage ich ihn dann. »Ist das Leben noch frisch?« Er hebt und senkt, zur Antwort, leise seine Flügel und fliegt befriedigt seiner Wege.
Drüben am Rande des dunklen Tannenwaldes hat man einen großen Holzstoß gestapelt. Obendrauf kauert eine schwarz und weiß gefleckte Katze und starrt zu mir herüber. Ich habe sie stark im Verdacht, dass sie verhext ist und, wenn sie wollte, reden könnte. Sie will nur nicht. Jedes Mal, wenn ich mir eine Zigarette anzünde, macht sie einen Buckel. Nachmittags reißt sie aus, denn dann wird es ihr zu heiß. Mir auch; ich bleib aber da. Trotzdem: So herumzuhocken, vor Hitze zu kochen und dabei zum Beispiel eine Schneeballschlacht zu beschreiben, das ist keine Kleinigkeit. Da lehne ich mich dann weit auf meiner Holzbank zurück, schaue zur Zugspitze hinauf, in deren gewaltigen Felsklüften der kühle ewige Schnee schimmert – und schon kann ich weiterschreiben! An manchen Tagen freilich ziehen aus der Wetterecke des Sees Wolken herauf, schwimmen quer durch den Himmel auf die Zugspitze zu und türmen sich vor ihr auf, bis man nichts mehr von ihr sieht.
Da ist es natürlich mit dem Schildern von Schneeballschlachten und anderen ausgesprochen winterlichen Ereignissen vorbei. Aber das macht nichts. An solchen Tagen beschreib ich einfach Szenen, die im Zimmer spielen. Man muss sich zu helfen wissen!

Erich Kästner

Weihnachten im August

Diesmal wird es eine regelrechte Weihnachtsgeschichte. Eigentlich wollte ich sie schon vor zwei Jahren schreiben; und dann, ganz bestimmt, im vorigen Jahr. Aber wie das so ist, es kam immer etwas dazwischen. Bis meine Mutter neulich sagte: »Wenn du sie heuer nicht schreibst, kriegst du nichts zu Weihnachten!« Damit war alles entschieden. Ich packte schleunigst meinen Koffer, legte den Tennisschläger, den Badeanzug, den grünen Bleistift und furchtbar viel Schreibpapier hinein und fragte, als wir schwitzend und abgehetzt in der Bahnhofshalle standen: »Und wohin nun?« Denn es ist begreiflicherweise sehr schwierig, mitten im heißesten Hochsommer eine Weihnachtsgeschichte zu verfassen. Man kann sich doch nicht gut auf den Hosenboden setzen und schreiben: »Es war schneidend kalt, der Schnee fiel in Strömen, und Herrn Doktor Eisenmayer erfroren, als er aus dem Fenster sah, beide Ohrläppchen« – ich meine, dergleichen kann man doch beim besten Willen nicht im August hinschreiben, während man wie ein Schmorbraten im Familienbad liegt und auf den Hitzschlag wartet! Oder?

Frauen sind praktisch. Meine Mutter wusste Rat. Sie trat an den Fahrkartenschalter, nickte dem Beamten freundlich zu und fragte: »Entschuldigen Sie, wo liegt im August Schnee?«

»Am Nordpol«, wollte der Mann erst sagen, dann aber erkannte er meine Mutter, unterdrückte seine vorlaute Bemerkung und meinte höflich: »Auf der Zugspitze, Frau Kästner.«

Und so musste ich mir auf der Stelle ein Billett nach Oberbayern lösen. Meine Mutter sagte noch: »Komme mir ja nicht ohne die Weihnachtsgeschichte nach Hause! Wenn's zu heiß wird, guckst du dir ganz einfach den schönen kalten Schnee auf der Zugspitze an! Verstanden?« Da fuhr der Zug los.

»Vergiss nicht, die Wäsche heimzuschicken«, rief meine Mutter hinterher.

Ich brüllte, um sie ein bisschen zu ärgern: »Und gieß die Blumen!« Dann winkten wir mit den Taschentüchern, bis wir einander entschwanden. Und nun wohne ich seit vierzehn Tagen am Fuße der Zugspitze, an einem großen dunkelgrünen

11
MB

Und zwar muss ich mich ihrer jetzt freuen; führen Sie weder meine Seele noch meinen Leib in die Schule zurück; jetzt liegt sie hinter mir und ich muss einen ganzen Feiertag haben.«
Er sah sehr ernst aus.
»Was bedeutet das? Welche krankhafte Sucht nach Zerstreuung legen Sie jetzt an den Tag? Was haben Sie vor?«
[...] »Mein erstes Ziel ist, Moor-Hause vom Boden bis zum Keller einer gründlichen Reinigung zu unterziehen; (begreifen Sie die ganze Wucht dieses Ausdrucks?). Das nächste, es mit Bienenwachs, Öl und einer unbestimmten Anzahl von Tüchern zu reiben, bis es blitzt; das dritte, jeden Tisch, jeden Stuhl, jedes Bett, jeden Teppich mit mathematischer Präzision zu arrangieren; darauf werde ich Sie beinahe zugrunde richten durch ungezählte Massen von Torf und Holz, um in jedem Zimmer ein hell loderndes Feuer zu unterhalten; und endlich und zuletzt werden die beiden letzten Tage, welche der Ankunft Ihrer Schwestern vorausgehen, von Hannah und mir dem Schlagen von Eiern, Auslesen von Rosinen, Rösten von Gewürzen, Backen von Weihnachtskuchen, Schneiden von Fleisch und anderem kulinarischem Ritus gewidmet sein, von welchem Uneingeweihte wie Sie doch keinen Begriff haben. Kurz und gut, mein Zweck ist es, vor nächstem Donnerstag alles in einem Zustand der vollkommensten Bereitschaft zu Dianas und Marys Empfang zu haben; mein Ehrgeiz besteht darin, ihnen das beau-ideal eines Willkommens zu bieten, wenn sie kommen.«
[...] Glücklich war ich in Moor-House, und angestrengt arbeitete ich. Desgleichen Hannah. Sie war entzückt zu sehen, wie fröhlich ich sein konnte inmitten der Unruhe eines Hauses, in welchem das Unterste zuoberst gekehrt war – wie gut ich bürsten, abstäuben, reinigen und kochen konnte. Und wirklich nach zwei Tagen der heillosesten Verwirrung war es reizend, mit anzusehen, wie wir nach und nach Ordnung in das Chaos brachten, das wir selbst hervorgerufen hatten.
[...] Als alles fertig war, erschien das Innere von Moor-House mir ebenso freundlich und sauber und gemütlich, wie es draußen um diese Jahreszeit winterlich einsam und öde und traurig war.

Charlotte Brontë

Jane Eyre

Das Weihnachtsfest war beinahe herangekommen, ehe alles geordnet war; die Zeit des Festes der ganzen Christenheit war nahe. Jetzt schloss ich die Schule von Morton [...]. Schon lange hatte ich voll Freude empfunden, dass manche meiner ländlichen Schülerinnen mich liebten, und als wir voneinander Abschied nahmen, wurde diese Empfindung vollauf bestätigt; sie legten ihre Anhänglichkeit für mich deutlich und ehrlich an den Tag [...]; so versprach ich ihnen denn, dass niemals eine Woche vergehen solle, ohne dass ich sie aufsuchen und ihnen eine Unterrichtsstunde in ihrer Schule geben würde.
Mr. Rivers kam, um die Tür zu verschließen, nachdem die Klassen, welche jetzt sechzig Mädchen zählten, an mir vorüberdefiliert waren; ich stand mit dem Schlüssel in der Hand da und wechselte noch einige besondere Abschiedsworte mit einem halben Dutzend meiner besten Schülerinnen [...].
»Betrachten Sie sich als wohl belohnt nach vielen Monaten der Mühsal und Anstrengung?« fragte Mr. Rivers, als sie alle fort waren. »Gewährt das Bewusstsein, Ihrer Zeit und Ihrer Generation etwas wirklich Gutes geleistet zu haben, Ihnen nicht wahre Freude?«
»Ohne Zweifel.«
»Und Sie haben doch nur wenige Monate harte Arbeit getan! Wäre nicht ein ganzes Leben, welches der Aufgabe gewidmet, das Menschengeschlecht zu bessern, ein gut angewandtes Leben?«
»Ja«, sagte ich. »Aber ich hätte nicht für alle Zeit in dieser Weise leben können. Ich will mich ebenso gern an meinen eigenen Talenten und Fähigkeiten erfreuen, wie ich jene meiner Mitmenschen heranbilde.

MB

12

langen Abende mit meinen Büchern. An solchen Abenden bin ich froh, nicht in einer Höhle zu leben, wie es mir, zugegeben, in hochgemuteren Zeiten schon vorschwebte. Dann bin ich auch am ehesten imstande, mit wachem Geist den Ausführungen des Grimmigen zu folgen. Und dann lausche ich nur zu gern dem Gebrüll des Sturms und stimme, die Füße am warmen Feuer, aus ganzem Herzen dem Dichter zu, der behauptet, alles, was wir erblickten, sei voll des Segens.

Doch gibt es etwas Traurigeres als einen kalten Sturm im Hochsommer? Den ganzen Tag habe ich fröstelnd und niedergeschlagen zugebracht, eingesperrt hinter den regenüberströmten Fensterscheiben. Ein Feuer wollte ich nicht, weil es in den Wetterpausen, wenn die Sonne heiß brennt, so fehl am Platz erscheint. Ein- oder zweimal griff ich dann doch nach der Klingel und wollte veranlassen, dass Feuer gemacht wird, aber da kam gerade die Sonne hervor, es war wieder Juni, und ich rannte frohgemut in den tropfenden, glitzernden Garten.

Elizabeth von Arnim

Der Winter steht vor der Tür

Der Winter steht vor der Tür, Zeit, sich aufzuraffen, Arbeit und Selbstzucht und Strenge erwarten uns, die ernste Jahreszeit, die uns zwingt, unsere Träume und Sehnsüchte beiseitezulegen und uns den Tatsachen zu stellen. Sie zeigt uns, aus welchem Stoff wir gemacht sind. Keiner mag wohl den Sommer, die holde Zeit der Schwärmereien, mehr als ich. Doch ich habe nicht das Bedürfnis, ihn zu verlängern, indem ich in den Süden fliehe, sobald der Winter anklopft, und mich um die Lehren eines halben Jahres herumdrücke. Es ist schön und lehrreich, mit seinen Pflanzen zu werkeln, doch es ist auch unerlässlich für Leib und Seele, die Arbeit ein paar Monate ruhen zu lassen und sich mit den grimmigen Seiten des Lebens zu befassen. Ein langer, harter Winter, ohne auszuweichen von Anfang bis Ende erlebt, ist eine der heilsamsten Erfahrungen der Welt. Er duldet keinen Spaß, sein tödlicher Ernst lässt keine Hirngespinste und zarten Empfindungen aufkommen. Das Thermometer sinkt auf -20°R, und mit ihm geht es abwärts zu den Realitäten, zu jenem Elementarzustand, wo alles übergroß scheint – Gesundheit und Krankheit, Freude und Trauer, Entzücken und Verzweiflung. Dann denkt man an seine ärmeren Nächsten, eilt in ihre Häuser und schaut nach, ob sie mit ausreichend Wärme und Nahrung für den langen Kampf gewappnet sind. Und bei sich zu Hause rückt man näher zusammen. Draußen ist es zum Gehen zu kalt, also läuft man und wird dafür mit der Überzeugung belohnt, keinesfalls älter als fünfzehn zu sein. Oder man schlüpft in seinen Pelz und gleitet geschwind im Schlitten über den Schnee, und kaum eine Musik ist lieblicher als sein Glockengeläut. Oder man nimmt die Schlittschuhe und macht sich auf zum See, zu dem man so oft an Juniabenden gefahren ist, als er rosig im Abendlicht unter Schwärmen von Wildenten und Regenpfeifern lag. Jetzt ist es dort totenstill, nur das Schwirren der Schlittschuhkufen ist zu vernehmen, und es wäre melancholisch, fühlte man sich nicht so fröhlich und warm. Unter keinen Umständen möchte ich auch die frühe Dunkelheit missen, den behaglichen Tee am Kaminfeuer und die

MB

13
MB

Da tat wohl auch der gestrenge Vater mit und machte manchmal einen Spaß dabei. Da lagen sie nun die Sternlein und Blumen, Hasen und Vögel, die Glocken und Herzen. Und im Marzipanteig wölbten sich Ross und Reiter, Rosen und Tulpen, hoben sich Gockelhähne, Rehfamilien und Schäferinnen. Wie ein süßer Zauberberg roch die Stube. Wurden die Teigreste wieder zusammengewalkt, so stibitzte man immer ein Fetzchen von dem süßen, rohen Teig, und das schmeckte fast noch besser als das Gebäck selbst. Man blieb länger auf an solchen Abenden, und wenn die ersten Plätzchen heiß und duftend aus dem Rohr kamen, reckte alles die Hälse.

Ganz besondere Sorgfalt und Liebe wurde dem Kletzenbrot zugewandt. In Altbayern wie in Schwaben ist es seit altersher das Weihnachtsbrot, diese Laibe und Wecken aus Dörr-Birnen, Rosinen und Gewürz. Auch von den ländlichen Vettern und Basen traf immer ein Kistl ein, in dem neben hartem, schwarzen Rauchfleisch ein Kletzenwecken lag. Da verglich man eifrig Geschmack und Beschaffenheit des eigenen und des Fremden. Aber uns Kindern schmeckte das fremde Brot, obwohl es rauer war, natürlich viel besser. Die Kirschen in Nachbars Garten ...

War ausgebacken, so wurde alles Backwerk in die großen Schachteln getan, die standen im Kammerl auf dem höchsten Kasten und warteten auf die weihnachtliche Erlösung. Sehnsüchtig gingen die Kinderaugen da hinauf und bettelten bei der Mutter. Die ließ sich dann manchmal doch erweichen und spendierte für besondere Bravheit, für außergewöhnlichen Fleiß hin und wieder ein Stückl, nicht ohne zu seufzen: »Ihr Fresssäck, ihr glustigen – was soll denn da für Weihnachten bleibn!« Aber es blieb immer noch genug, um jedes Körbchen bis zum Rand zu füllen, und selig war man dann, wenn man ein Stückl wiedererkannte, das man selbst ausgestochen hatte.

Julius Kreis

Backen

Der Advent hat seinen eigenen Duft. Fast in jeder Wohnung spürt man ein wenig davon: Tannenzweige, Wachs und vor allem in den Küchen und Gängen vertraute Gerüche nach Weihnachtsgebackenem, nach Zucker und gewürztem Teig, nach Zitronat, Mandeln, Maronen, … In den Bürgerhäusern ist noch aus Urgroßmutters Tagen ein vergilbtes, stockfleckiges Heft da. Die Schrift darin ist mit Liebe und Sorgfalt, mit kleinen biedermeierlichen Schnörkeln gesetzt, alte Maße und Gewichte finden sich: ein »Maßl« Mehl, zehn »Loth« Zucker, ein »Deka« Muskat, ein bisschen umständlich ist alles beschrieben: »Man nehme« … »alsdann thue man« … »rühre das Ganze emsig und guth ineinander« …

Dann wechselt die Schrift: Großmutter hat das Buch fortgeführt, die Mutter hat es ergänzt. Ein Geschlecht von Schriften, ein Geschlecht von Köchinnen. Zwischenhinein haben Kinderfinger, die nun auch längst alt und knorpelig geworden sind, ihr Krikelkrakel gemalt. Für Marzipan, Butterteig, Haselnuss, Zimtsterne, für drei Dutzend guter Weihnachtssachen ist hier der rechte Wegweiser.

Weihnachtsbackwerk muss jenseits der Alltagsküche hergestellt werden. Am späten Nachmittag, am Abend. Herrliche Erinnerung aus der Kinderzeit: Da kam man an einem frostigen Dezembertag rotgefroren, die Schlittschuhe in den klammen Fingern, gegen Abend heim, und aus der geöffneten Wohnungstür roch es nach heißem Kaffee. Die Rohrnudel lag neben der Tasse, die Petroleumlampe rußte schon, aber noch etwas lag in der Luft: Weihnachtsgebäck! Dann jagte uns die Mutter mit freundlichem Schelten vom Tisch weg und kam mit Teigschüssel und Nudelbrett, mit Orangeat und Zitronat, mit Haselnüssen und Nusskernen. Da wurde gewalkt und geschlagen, geschnitten und gerieben. Die Mädchen durften dabei die Hand reichen. Wir Kleinen aber sahen mit runden, gierigen Augen auf Rosinen, Nüsse und Zucker, und es kribbelte in den Händen … Da hatte die Mutter ein Einsehen und schob jedem ein paar Kerne und Rosinen zu. An ihnen hing schon Weihnachten. War erst der Teig ausgewalkt, so kam das hohe Fest des Ausstechens und bei Marzipan des Modellierens.

MB

14
MB

sogar die alte Pumpe bekam eins. Weil es aber so arg in der Eile ging, kam es wohl vor, dass eins oder das andere eine Mütze bekam, die ihm zu groß oder zu klein war - oder dass sie ihm schief auf dem Kopfe saß. Aber das schadete nichts. Die Hauptsache war, dass niemand vergessen wurde und dass man bald fertig war. Und man war bald fertig. Nun brauchte keine Schneeflocke mehr zu kommen. Nur noch ein paar wurden von der Mutter Wolke hinabgeschickt; die sollten nachsehen, ob die andern ihre Sache gut gemacht hatten. Das hatten sie wirklich, man konnte mit ihnen zufrieden sein. Und nun war wieder alles ganz still im Garten.

Aber dann am andern Morgen - das hättet ihr sehen sollen! Das war ein Erstaunen, ein Jubel und eine Freude, als nach und nach alle aufwachten und die Bescherung sahen. Die Sträucher wagten sich nicht zu rühren, aus Angst, etwas von dem herrlichen Schmuck zu verlieren. Der Rasenplatz war glücklich über die schöne, warme Decke. Die alte Laube aber, die sonst immer als Erste aufgewacht war vor Kälte, die wachte heute zuallerletzt auf, so gut hatte sie in ihrem warmen Kragen geschlafen. Am allermeisten Vergnügen hatten aber doch die Zaunpfähle.

»Dürfen wir diese schönen Kappen nun wohl immer behalten?«, fragten sie.

Aber der Morgenwind, der gerade des Weges daherspaziert kam, gab ihnen gleich die gehörige Antwort darauf. »Wo denkt ihr hin«, sagte er, »wartet nur, bis die Sonne kommt, die wird sie euch von den Ohren ziehen; sie mag solche Verwöhnungen nicht leiden.«

Sophie Reinheimer

Der Schnee

[...] Die ersten Schneeflocken waren unten im Garten angelangt. Nichts rührte und regte sich darin, alles schlief. Das war den Schneeflocken gerade recht, denn sie hatten eine große Überraschung vor. Leise wanderten sie zu den schlafenden Sträuchern und zu den Bäumen hin und schmückten sie fein zierlich aus. Kein Zweiglein, auch nicht das allerkleinste, wurde vergessen; es sah aus, als wäre alles in Zucker getaucht. Und wie flink die kleinen Schneeflocken bei ihrer Arbeit waren und wie leise sie sie taten. Es war sehr gut, dass es so viele Schneeflocken waren; denn es gab eine Menge zu tun. Das Dach der Laube sollte einen Mantelkragen bekommen, so wie es sich einen gewünscht hatte. Das war aber gar nicht so leicht; denn die Laube war schon alt und hatte keinen so festen Schlaf mehr. Sie knackste manchmal ganz unheimlich, sodass die Schneeflocken sehr erschraken und schon dachten, die Laube könne aufwachen. Aber sie hatte nur im Traum geknackst, so wie die Menschen manchmal im Traum sprechen.

Am meisten Arbeit aber machte doch die Decke für den großen Rasenplatz. Die guten Schneeflocken gaben ihre eigenen Sternenmäntelchen dazu her - viele, viele tausend davon lagen schon auf dem Rasen. Aber immer noch war die Decke nicht dick und warm genug, und es mussten immer und immer noch Schneeflocken vom Himmel herunterkommen und ihre Mäntelchen obendrauf legen.

Endlich, endlich war die Decke fertig. Es war eine prachtvolle Decke - so frisch und weiß und warm. Nun froren die armen Grashälmchen sicher nicht mehr.

»Ist nun alles fertig?«, fragten die Schneeflocken.

»Ach nein - ach nein«, flüsterte es in allen Ecken und Enden, »wir sind noch lange nicht fertig! Es sind aber auch so entsetzlich viele Kappen, die wir aufzusetzen haben. Helft uns doch, helft uns doch, sonst kommt der Morgen und wir sind noch nicht fertig!« - Nun ging es aber husch, husch an das Austeilen der Kappen. Jedes Ding im Garten, das noch nichts bekommen hatte, bekam ein weißes Schneepelzkäppchen aufgesetzt, jeder Stein, jeder Pfahl am Zaun,

15
MB

Denkt euch, ich habe das Christkind gesehen!

Denkt euch, ich habe das Christkind gesehen!
Es kam aus dem Walde, das Mützchen voll Schnee,
mit rot gefrorenem Näschen.
Die kleinen Hände taten ihm weh,
denn es trug einen Sack, der war gar schwer,
schleppte und polterte hinter ihm her.
Was drin war, möchtet ihr wissen?
Ihre Naseweise, ihr Schelmenpack –
denkt ihr, er wäre offen, der Sack?
Zugebunden bis oben hin!
Doch war gewiss etwas Schönes drin!
Es roch so nach Äpfeln und Nüssen!

Anna Ritter

Christkindl-Ahnung im Advent

Erleben eigentlich Stadtkinder Weihnachtsfreuden? Erlebt man sie heute noch? Ich will es allen wünschen, aber ich kann es nicht glauben, dass das Fest in der Stadt mit ihren Straßen und engen Gassen das sein kann, was es uns Kindern im Wald gewesen ist.

Der erste Schnee erregte schon liebliche Ahnungen, die bald verstärkt wurden, wenn es im Haus nach Pfeffernüssen, Makronen und Kaffeekuchen zu riechen begann, wenn am langen Tisch der Herr Oberförster und seine Jäger mit den Marzipanmodeln ganz zahme, häusliche Dinge verrichteten, wenn an den langen Abenden sich das wohlige Gefühl der Zusammengehörigkeit auf dieser Insel, die Tag und Tag stiller wurde, verbreitete.

In der Stadt kam das Christkind nur einmal, aber in der Riß wurde es schon Wochen vorher im Wald gesehen, bald kam der, bald jener Jagdgehilfe mit der Meldung herein, dass er es auf der Jachenauer Seite oder hinter Ochsensitzer habe fliegen sehen. In klaren Nächten musste man bloß vor die Türe gehen, dann hörte man vom Wald herüber ein feines Klingeln und sah in den Büschen ein Licht aufblitzen. Da röteten sich die Backen vor Aufregung, und die Augen blitzten vor freudiger Erwartung.

Je näher aber der Heilige Abend kam, desto näher kam auch das Christkind ans Haus, ein Licht huschte an den Fenstern des Schlafzimmers vorüber, und es klang wie von leise gerüttelten Schlittenschellen. Da setzten wir uns in den Betten auf und schauten sehnsüchtig ins Dunkel hinaus; die großen Kinder aber, die unten standen und auf einer Stange Lichter befestigt hatten, der Jagdgehilfe Bauer und sein Oberförster, freuten sich kaum weniger.

Ludwig Thoma

MB

16

schlimmer aus denn je. Vorher lag der ganze Müll schön verteilt da und wirkte ganz natürlich, aber inzwischen hat er alles in Haufen gesammelt. Hast du ihn bei der Stadtreinigung untergebracht?« »Red keinen Blödsinn«, sagte ich. »Er ist so jung. Geht uns doch nichts an, was er treibt.« »Hoppla, Entschuldigung«, sagte Freddie. »Tut mir leid, tut mir leid. Ich habe absolut gar nichts gegen deinen braven kleinen Touristen.«
Ich fand Freddie ziemlich dämlich, sagte aber nichts, und irgendwann ging er wieder. Ich schloss die Bar und fing mit den Vorbereitungen fürs Weihnachtsessen an. Dass man nicht sagt, was man denkt, war für mich eine neue Erfahrung. Normal wäre ja gewesen, Freddie zu sagen, er könne mich mal, nicht wahr. Aber seit Frans ins Haus gekommen war, hatte ich schlimmer gelogen als je zuvor im Leben [...].

Tove Jansson

Der Gast

Am Morgen schickte ich ihn los, um ein paar neue Dekorationen für die Bar zu besorgen, die alten waren erbärmlich und alle hier kannten sie schon seit über zwanzig Jahren. Ich gab ihm Geld und sagte, schau mal, was sie bei Hualani an der Ecke aufgehängt haben, dann weißt du, wie es aussehen soll. Er blieb lange fort. Als er zurückkam, hatte er das übliche Glitzerzeug dabei, das war okay, aber für die Hälfte des Geldes hatte er Orchideen gekauft. Ausgerechnet Orchideen. Die seien so billig gewesen, sagte er, so unglaublich billig, und in der ganzen Straße habe sonst niemand mit Orchideen dekoriert.

»Das glaube ich gern«, sagte ich. »Aber das hier ist nicht das Hilton Hotel, wir können uns doch nicht lächerlich machen.« Er begriff gar nichts und wurde traurig, also steckte ich das ganze Büschel in einen Topf und sagte: »Den stelle ich bei Gelegenheit zu Großmutter ins Zimmer, als Weihnachtsgruß von dir.« Er wollte, dass wir sofort zu ihr reingehen, aber ich sagte, das sei doch nicht so eilig.

»Doch, doch«, sagte Frans, »sie muss die Orchideen jetzt gleich kriegen.«

Ich nahm den elenden Topf und hob den Vorhang zu Großmutters Zimmer hoch, immer mit Frans auf den Fersen, ihm entkam man nicht.

Großmutter sagte: »Was fällt dir ein! Die stinken. Bring sie sofort auf den Hof hinaus!«

»Was hat sie gesagt?«, flüsterte Frans.

»Sie hat sich sehr gefreut«, sagte ich. »Aber hier auf den Inseln herrscht ein uralter Brauch – wenn ein junger Mann einer sehr alten Dame Blumen bringt, dankt sie ihm, indem sie die Blumen zurückgibt.«

»Ist das ein Symbol?«, erkundigte sich Frans voller Interesse. »Eine Art Segen? Heißt das, dass ich sie jemand Jüngerem weiterschenken soll und dass sie unsere Beziehung segnet?« »So ungefähr«, antwortete ich und gab ihm das ganze Gebinde. Das trug er dann in sein Zimmer hinauf.

Kurz darauf kam Freddie auf einen Drink vor dem Essen vorbei. »Wie läuft's?«, fragte er, und ich begriff natürlich, dass er Frans meinte, hatte aber keine Lust, darüber zu reden. Freddie sagte: »Morgens ist er immer unten am Strand, und da sieht es

MB

17
MB.

»Gib das Kind her, dann fahre ich es in meinem Schlitten mit nach der Kirche!« sagte er freundlich. »Wo so viele Fuhrwerke unterwegs sind, ist es gefährlich, wenn man ein kleines Kind zu tragen hat.«
Doch Jan antwortete:
»Ich dank' schön, aber 's geht ganz gut.«
»Wir werden die Kleine hier zwischen uns setzen, Jan,« sagte die junge Frau.
»Ich dank' schön, aber es geht ganz gut.«
»Ach so, du wagst das Kind nicht aus dem Arm zu lassen,« sagte der Herr, und dann fuhr er lachend davon.
Die Wanderer zogen weiter; aber der Weg wurde immer gefährlicher und beschwerlicher. [...]
»Du hättest sie das Kind wohl mitnehmen lassen können,« sagte Katrine. »Ich fürchte, du wirst doch noch mit ihm hinfallen.«
»Hätt' ich ihnen das Kind überlassen sollen? Du weißt nicht, was du sagst. Hast du nicht gesehen, wer es war?«
»Was wäre denn für eine Gefahr dabei gewesen, wenn wir's mit den Hüttenbesitzern von Duvnäs hätten fahren lassen?«
Da hielt Jan Andersson von Skrolycka plötzlich an.
»Ist das der Hüttenbesitzer auf Duvnäs mit seiner Frau gewesen?« fragte er, und es sah aus, als sei er eben aus einem Traum erwacht.
»Gewiss ist's die Herrschaft vom Hüttenwerk gewesen. Für wen hast du sie denn gehalten?«
Ja, wo war Jan mit seinen Gedanken gewesen? Was war das für ein Kind, das er die ganze Zeit über getragen hatte? Wohin stand ihm das Ziel seiner Reise? In welchem Land war er jetzt eben gewandert?
Er strich sich mit der Hand über die Stirn und sah etwas verlegen aus [...]:
»Ich hab geglaubt, es sei der König Herodes [...] und seine Frau.«

Selma Lagerlöf

Das Kindlein

Als die Wanderer die Kirche sahen, blieben sie unwillkürlich stehen, der Anblick raubte ihnen den Atem. Nach all den kleinen Häusern und niederen Fenstern, an denen sie vorbeigepilgert waren, kam ihnen die Kirche überwältigend groß und überirdisch hell vor.
Als Jan die Kirche erblickte, musste er unwillkürlich an ein paar arme Leute in Palästina denken, die die ganze Nacht unterwegs gewesen waren und ein kleines Kind bei sich hatten, ihren einzigen Trost und ihre einzige Freude. Sie kamen von Bethlehem [...].
Die Leute von Askedalarna waren in aller Früh von zu Hause weggegangen, um vor denen anzukommen, die nach der Kirche fuhren, aber in der Nähe der Kirche wurden sie doch von diesen eingeholt. Sie kamen mit schnaubenden Pferden und klingenden Schellen dahergefahren, jagten in sausendem Galopp dahin und zwangen die armen Fußgänger, sich auf den hohen Schneewall am Wegrand zu retten.
Jetzt hatte Jan das Kind auf dem Arm. Unaufhörlich musste er den Fuhrwerken ausweichen. Er kam auf dem finsteren Weg nur sehr schwer vorwärts; aber vor ihm lag ja der strahlende Tempel, und wenn sie nur dorthin gelangen konnten, dann waren sie sicher und geborgen. Jetzt erhob sich hinter ihnen lautes Schellengeklingel und Pferdegetrappel. Ein großer Schlitten mit zwei Pferden davor kam dahergefahren. Drinnen saß ein junger vornehmer Herr in schwarzem Pelz und hoher Pelzmütze mit seiner jungen Frau an der Seite. Er führte selbst die Zügel, aber hinter ihm stand der Kutscher mit einer lohenden Fackel in der hocherhobenen Hand. Die Flamme flackerte im Luftzug weit zurück und ließ einen langen Schweif von Rauch und sprühenden Funken hinter sich.
Jan stand auf dem Schneewall am Wege mit dem Kind im Arm. Es sah sehr gefährlich aus; sein einer Fuß sank plötzlich tief in den Schnee hinein, und er war am Umfallen. Da zog der kutschierende Herr heftig an den Zügeln und rief Jan, den er vom Wege verjagt hatte, an.

MB

18

Einklang mit dieser Wandlung präsentieren sich jetzt die Londoner Straßen. Auch hier drängen sich die Penny-, die Six-Pence- und die Schilling-Buden; riesige Wiegepferde (hübscher als die unsrigen, wie es sich in dem Lande des Vollbluts geziemt) bäumen in die Höh' oder sprengen in vollem Galopp durch die Spiegelscheiben; Trommeln (schlechter als die unsrigen, wie sich's im Lande der militärischen Antipathien von selbst versteht) bilden die üblichen Pyramiden; rote, sternbesäte Luftballons schweben die Glasdecke der Arkaden entlang, und überall an den Straßenecken grünt das Edeltannenreis in Blumentöpfen. Auch an Kauflustigen fehlt es nicht. In der Mittagszeit sind die zur Stadt fahrenden Omnibusse bis auf den letzten Platz besetzt. Damen, junge und alte, sitzen sich in langer Reihe einander gegenüber und haben etwas von der ernsten Würde des Weihnachtsmannes. Nur ein Element unter den täglichen Fahrgenossen fehlt – die Kinder. Das Geheimnis der Weihnachtswoche hält sie daheim, und hier wie überall finden sich selbst die wildesten leicht in jene Gefangenschaft, die schon nach wenig Tagen mit der Freiheit und – dem Christbaum schließt.

Theodor Fontane

Tannenbaum und Stechpalme

Weihnachten klopft auch in London an die Türen. Es ist nicht mehr der national-britische Christmas Eve mit seinem vorwiegend patriarchalischen Charakter; der Klopfende gleicht vielmehr unsrem alten Freunde »Knecht Ruprecht«, der während der letzten zwanzig Jahre es prächtig verstanden hat, für sich selber Propaganda zu machen und auch der englischen Weihnachtszeit ein mehr und mehr deutsches Gepräge zu geben. Mit andern Worten, es ist der Sieg des Tannenbaums über den altenglischen Weihnachtsbaum, den ›mistle-toe‹. In alten Zeiten (wie jedermann aus zahllosen Beschreibungen englischer Romane weiß) prangte der weihnachtliche Mistelbusch am äußersten Ende der festgeschmückten Halle; der Qualm der Lichter und Fackeln mischte sich mit dem Duft der Rund- und Rückenstücke, die an flackernden Feuern brieten; Musik erklang und die scharf gezogenen Schranken zwischen Herr und Diener fielen auf die kurze Dauer eines Abends. Unter dem alten Mistelbusch galt überdies noch das alte Reimwort von einem »Kuss in Ehren«. So war es vordem. Das Alte hat sein Leben auf Schlössern und Herrensitzen gerettet; aber in den großen Städten ist, neben der Mistel und dem reizenden Stechpalmenreis, die Tanne in die Höh' geschossen und bedroht die alten weihnachtsgrünen Mächte mit einer siegreichen Konkurrenz. Eine neue Dynastie, aber stark, weil zweckentsprechend. Einzelne Hyperpatrioten, die den »german influence« auf jedem Gebiete, auch auf dem harmlosesten, bekämpfen und ausrotten möchten, haben zwar die deutsche Tanne in den Bann getan; aber sie werfen sich vergebens dem rollenden Rad entgegen, und jeder neue Weihnachtstisch ist ein neuer Sieg unserer deutschen Sitte. Die Umwandlung hat sich in London beinah vollständig vollzogen: Das Weihnachtsfest, dessen häusliche Feier ein soziales Fest, ein Fest der Ausgleichung, der Brüderlichkeit im schönsten Sinne war, ist ein Kinderfest geworden. Eine schöne und tief poetische Idee hat die andere abgelöst; vielleicht war das alte tiefer im Gedanken und lustiger in der Erscheinung, aber das neue ist lieblicher und heitrer. Noch einmal: Weihnachten im englischen Hause ist ein Kinderfest geworden, und im

MB

19

Von ihm reden sie, als sie alle drei etwas aufgeregt über die Feldraine der See entgegenlaufen. Schöns Alwert weiß von einem Knecht, den hat Rotvoß an einen Baum gebunden [...] und Frieda weiß bestimmt, dass er zwei Mädchen einen ganzen Tag im Holzschauer eingesperrt hat [...].

Plötzlich sind sie im Wald. [...] Und nun seht, das ist nun doch der richtige Baum, den sie brauchen, eine Fichte, eben gewachsen, unten breit, ein Ast wie der andere, jedes Ende gesund – und oben so schlank, eine Spitze so hell, in diesem Jahr getrieben. Kein Gedanke, diesen Baum stehen zu lassen, so einen finden sie nie wieder. Ach, sie sägen ihn ruchlos ab, sie bekommen ein schönes Lüttenweihnachten, das herrlichste im Dorf, und Posten stellen sie auch nicht auf. Warum soll Rotvoß grade hierherkommen? Der Waldstreifen ist über zwanzig Kilometer lang. Sie binden die Äste schön an den Stamm, und dann essen sie ihr Brot, und dann laden sie den Baum auf, und dann laufen sie weiter zum Meer. [...]

Und was sie sehen, ist ein Stück Strand, ein Stück Meer. Hier über dem Wasser weht es ein wenig, der Nebel zieht in Fetzen, schließt sich, öffnet den Ausblick. Und sie sehen die Wellen, grüngrau, wie sie umstürzen, weiß schäumend draußen auf der äußersten Sandbank, näher tobend, brausend. Und sie sehen den Strand, mit Blöcken besät, und dazwischen lebt es, dazwischen schreit es, dazwischen watschelt es in Scharen ...

»Die Wildgänse!«, sagen die Kinder. »Die Wildgänse -!« [...]

Immer näher kommen sie, leise gehen sie, auf den Zehen – oh, dieses Wunder! –, und um den Felsblock biegen sie. Da ist der Baum vor ihnen in all seiner Pracht, und neben ihm steht ein Mann, die Büchse über der Schulter, ein roter Vollbart ...

»Ihr Schweinekerls!«, sagt der Förster, als er die drei mit der Fichte sieht. Und dann schweigt er. Und auch die Kinder sagen nichts.

Immerhin, denkt der Förster, haben sie mich auch erwischt beim Lüttenweihnachten. [...] Was soll man da machen ...

Hans Fallada

Lüttenweihnachten

»Tüchtig neblig heute«, sagte am 20. Dezember der Bauer Gierke ziellos über den Frühstückstisch hin. Es war eigentlich eine ziemlich sinnlose Bemerkung, jeder wusste auch so, dass Nebel war, denn der Leuchtturm von Arkona heulte schon die ganze Nacht mit seinem Nebelhorn wie ein Gespenst, das das Ängsten kriegt.
Wenn der Vater die Bemerkung trotzdem machte, so konnte sie nur eines bedeuten. »Neblig -?«, fragte gedehnt sein dreizehnjähriger Sohn Friedrich.
»Verlauf dich bloß nicht auf deinem Schulweg«, sagte Gierke und lachte.
Und nun wusste Friedrich genug, und auf seinem Zimmer steckte er schnell die Schulbücher aus dem Ranzen in die Kommode, lief in den Stellmacherschuppen und »borgte« sich eine kleine Axt und eine Handsäge. Dabei überlegte er: Den Franz von Gäbels nehm ich nicht mit, der kriegt Angst vor dem Rotvoß. Aber Schöns Alwert und Frieda Benthin. Also los!
Wenn es für die Menschen Weihnachten gibt, so muss es das Fest auch für die Tiere geben. Wenn für uns ein Baum brennt, warum nicht für Pferde und Kühe, die doch das ganze Jahr unsere Gefährten sind? In Baumgarten jedenfalls feiern die Kinder vor dem Weihnachtsfest Lüttenweihnachten für die Tiere, und dass es ein verbotenes Fest ist, von dem der Lehrer Beckmann nichts wissen darf, erhöht seinen Reiz. [...]
Darum ist Vaters Wink mit dem nebligen Tag eine Sicherheit, dass das Schulschwänzen heute jedenfalls von ihm nicht allzu tragisch genommen wird.
Schule aber muss geschwänzt werden, denn wo bekommt man einen Weihnachtsbaum her? Den muss man aus dem Staatsforst an der See oben stehlen, das gehört zu Lüttenweihnachten. Und weil man beim Stehlen erwischt werden kann und weil der Förster Rotvoß ein schlimmer Mann ist, darum muss der Tag neblig sein, sonst ist es zu gefährlich. Wie Rotvoß wirklich heißt, das wissen die Kinder nicht, aber er ist der Förster und hat einen fuchsroten Vollbart, darum heißt er Rotvoß.

20
MB

herunterdrücken und sind vielleicht im Grunde alle froh, allweihnachtlich einen Anlass gefunden zu haben, den gestauten Sentiments freien Lauf zu lassen. Wer erst nach dem Kalenderblatt sieht, sich vor den Kopf schlägt und »Ach, richtig!« ruft – dem ist nicht zu helfen. [...]
Aber habt ihr einmal geliebt ...? Die Damen sehen in ihren Schoß, und die Herren lächeln so unmerklich, dass ich [...] Mühe habe, es zu erkennen. Also ihr habt geliebt, und ihr – ich sehe keinen an – liebt noch. Nun, ihr Herren, und wenn sie Geburtstag hat? Nun, ihr Herren, und wenn der Tag auf dem Kalender steht, an dem ihr sie zum ersten Mal geküsst habt –? Nun?
Ihr feiert das. Was im ganzen Jahr künstlich oder zufällig zurückgedämmt war – es bricht – wenn's eine richtige Liebe ist – elementar an solchem Tag hervor aus tiefen Quellen. Der Tag, dieser dumme Tag, der doch gleich allen anderen sein sollte, ist geheiligt und festlich und feierlich und freundlich – und ihr denkt und fühlt: sie – und nur sie. Nach dem Kalender ...?
Nicht nach dem Kalender. Ihr tragt alle den Kalender in euch. Es ist ja nicht das Datum oder die bewusste Empfindung, heute müsse man nun ... Es ist, wenn ihr überhaupt wisst, was ein Festtag ist, was Weihnachten ist: euer Herz. Lasst uns einmal von dem Festtags-Rummel absehen [...]. Lasst uns einmal daran denken, wie Weihnachten gefeiert werden kann, unter wenigen Menschen, die sich verstehen. Das ist kein Ansichtskarten-Weihnachten. Das ist nicht das Weihnachten des 24. Dezembers allein – es ist das Weihnachten der Seele. Gibt es das –?
Es soll es geben. Und gibt es auch, wenn ihr nur wollt. Grüßt, ihr Herren, die Damen, küsst ihnen leise die Hand (bitte in meinem Auftrag) und sagt ihnen, man könne sogar seine Gefühle nach dem Kalender regeln: zum Geburtstag, zum Gedenktag – und zu Weihnachten.
Aber man muss welche haben.

Kurt Tucholsky

Gefühle nach dem Kalender

Eigentlich ist es ja ein bisschen merkwürdig: Wenn nur noch wenige dünne Kalenderblätter den Abreißer vom 24. Dezember trennen, so senkt sich jenes weihnachtliche Gefühl auf ihn hernieder, das ihr alle kennt. Er wird ein bisschen weich, er wird ein wenig träumerisch, und wenn der ganze Apparat des Einkaufs vorbeigeklappert ist, wenn all das Tosen und Wirken vorüber ist, dann saugt er doch an seiner Weihnachtszigarre und denkt sich dies und das und allerlei. Aber wie denn? Kann man denn seine Gefühle kommandieren –? Kann man denn – nach dem Kalender – seine Empfindungen regeln? Man kann's nicht. Der Schnurriker Mynona erzählt einmal die Geschichte vom Schauspieler Nesselgrün, dem es plötzlich einfiel, sein ihm zustehendes Weihnachten im August zu feiern – und unter unendlichem Hallo geht denn diese deplatzierte Festlichkeit auch vor sich.

Aber wir haben doch gelacht, als wir das lasen. Könnten wir andern das auch? Es ist wohl nicht nur die Furcht, uns lächerlich zu machen – es muss noch etwas anderes sein. Der Grund, dass wir wirklich – jedes Weihnachten – in jedem Jahr – immer aufs Neue imstande sind, genau um den 25. Dezember herum die gleichen starken Gefühle zu hegen, liegt doch wohl darin, dass sie sich angesammelt haben. Es muss doch irgendetwas da sein, das tropfenweise anschwillt, das ganze Jahr hindurch.

Schließlich ist doch der Kalender etwas ganz Äußerliches, Relatives, wir sind in gewisser Hinsicht mit ihm verwachsen – aber die Zeit ist nicht in uns, wir sind in der Zeit. Und das kleine Blättchen, das den 24. anzeigt, ist kein Grund, es ist ein Signal und ein Anlass. Ich habe immer das Gefühl, als ob wir jede Woche im Jahr weihnachtliche Empfindungen genug aufbrächten – aber gute Kaufleute, die wir sind, legen wir sie in kleinen Posten zurück, bis es sich einmal lohnt. Im Dezember ist dann das Maß meist voll. [...]

Wir haben alle nur keine Zeit, um gut zu sein, wie? Wir haben nur alle keine Zeit. Und müssen tausend- und tausendmal herunterschlucken und

21
MB

In der Essstube ist großes Kuchenbacken. Unsere Mutter und die Mädchen stehen mit aufgekrempelten Ärmeln. Sie rollen weißen und braunen Kuchenteig aus, der in großen Steintöpfen um den Ofen herumsteht. Große schwarze Platten stehen bereit, die verschieden geformten Kuchen aufzunehmen, die dann von den Mädchen zum Bäcker getragen werden.
Auch wir Kinder haben unseren Teil bekommen. Wir stehen an unserem kleinen Kindertisch, ein weißes Nachthemd über unsere Kleider, ein gezipfeltes Taschentuch auf dem Kopf. Jedes von uns hat ein Klümpchen weißen und braunen Kuchenteig vor sich, der bald unter unseren geschäftigen kleinen Händen in die wunderbarsten Dinge gewandelt wird. Die Tür öffnet sich, und unser Vater tritt mit dem freundlichsten Leuchten seiner blauen Poetenaugen ins Zimmer.
»Ihr seid ja alle gewaltig in der Fahrt«, neckt er und bewundert unsere herrlichen Schöpfungen, von denen man meistens nicht zu erkennen vermag, was sie vorstellen sollen. Es beginnt nun ein heimliches Geflüster zwischen Vater und uns, und es gelingt uns, Vater einige kleine Weihnachtsüberraschungen verraten zu lassen, die unsere Freude am Weihnachtsabend keineswegs verringern.

Gertrud Storm

Weihnachten bei Theodor Storm

Unser Vater war ein echter, rechter Weihnachtsmann, er wusste jedes Fest erst recht zu einem Feste zu gestalten. Den ganzen Zauber der Weihnacht zu übertragen. Und so feiern auch wir, seine Kinder, unsere Weihnachtsfeste ganz im Sinne unseres Vaters. Der Weihnachtsbaum wird genauso geschmückt, wie er einst ihm geschmückt wurde, die Kuchen nach den althergebrachten Familienrezepten gebacken, wie sie schon sein Kinderherz entzückten. Wenn das alte liebe Weihnachtsfest wieder naht und ich mich in eine rechte Weihnachtsstimmung versetzen will, setze ich mich in der Dämmerung in einen tiefen Lehnstuhl. Von draußen wirft die Laterne traulich ein mattes Licht durch die Fenster. Ich schließe die Augen, und bald bin ich daheim in unserm großen, alten Hause in Husum in der Wasserreihe. Meine Geschwister und ich, wir sind wieder Kinder.

Es wird wieder einmal Weihnachten, und wir Kinder leben in goldenen Träumen, bis das im Leben so seltene Wunder eintritt, dass diese Träume in dem brennenden Weihnachtsbaum verkörpert vor uns stehen. Draußen auf den stillen Wegen des Gartens, den Sträuchern und alten Bäumen, liegt glitzernder Schnee. Im ganzen Hause duftet es nach Tannen und braunen Weihnachtskuchen. Feststimmung guckt schon aus allen Ecken, wie eine Ahnung vom Weihnachtsabend.

Es weihnachtet sehr – die Heimlichkeiten wachsen mit jedem Tag. Vater schließt sich immer häufiger in seiner Studierstube ein, und wir Kinder, die wir um die Zeit der heiligen Weihnacht gerne an den Türen lauschen, hören ihn die Tür des Nussbaumschrankes öffnen und leise wieder schließen. Dieser Nussbaumschrank birgt in seinem Innern alle Geheimnisse und Wunder fürs Weihnachtsfest. In einem unbewachten Augenblick treten wir doch ins Zimmer. Vater schließt schnell den Schrank, dann nimmt er uns in seine Arme, macht ein geheimnisvolles Gesicht, sieht uns innig an und sagt mit leiser Stimme nur das eine Wort »Weihnachten«.

MB
MB

22
MB

»In genau einer Stunde ist Weihnachten, mein Sohn«, sagte der Vater.
»Oh«, sagte die Mutter, entsetzt darüber, dass er das Fest erwähnte.
Sie hatte gehofft, der Junge würde es vergessen.
Das Gesicht des Jungen rötete sich wie im Fieber, und seine Lippen zitterten. »Ich weiß, ich weiß. Ich kriege doch ein Geschenk, nicht wahr? Bekomme ich einen Baum? Ihr habt mir versprochen ...«
»Ja, ja, du bekommst sogar noch mehr«, antwortete der Vater.
»Aber ...«, begann die Mutter.
»Es ist mein Ernst«, sagte der Vater. »Du kannst dich darauf verlassen. All das und noch mehr, viel mehr. Entschuldigt mich jetzt. Ich komme gleich wieder.«
Er ließ sie ungefähr zwanzig Minuten allein. Als er wiederkam, lächelte er. »Gleich ist es so weit.«
»Darf ich deine Uhr halten?«, fragte der Junge. Er bekam die Uhr und hielt sie in der Hand, während der Rest der Stunde in Feuer und Stille und unmerklicher Bewegung verstrich.
»Jetzt ist Weihnachten! Weihnachten! Wo ist das Geschenk?«
»Hierher«, sagte der Vater, fasste den Jungen bei der Schulter und führte ihn aus dem Raum, durch einen Flur und eine schräge Treppe hinauf; seine Frau kam nach.
»Ich verstehe nicht«, sagte sie immer wieder.
»Du wirst schon verstehen. Wir sind da«, sagte der Vater.
Sie blieben vor der Tür einer großen Kabine stehen. Der Vater klopfte dreimal und dann zweimal, ein Signalzeichen. Die Tür öffnete sich, das Licht in der Kabine erlosch, und man hörte Stimmen flüstern.
»Geh hinein, mein Sohn«, sagte der Vater.
»Es ist so dunkel.«
»Ich halte dich an der Hand. Komm, Mama.«
Sie traten in den Raum, die Tür schloss sich hinter ihnen, und der Raum war wirklich sehr dunkel. Vor ihnen tauchte ein großes Glasauge auf, die Luke, ein Fenster, etwa einen Meter zwanzig hoch und einen Meter achtzig breit, durch das sie in den Weltraum hinausschauen konnten.
Der Junge erschrak.
Hinter ihm erschraken auch die Eltern, aber jetzt fingen in der dunklen Kabine ein paar Menschen an zu singen.
»Fröhliche Weihnachten, mein Sohn«, sagte der Vater.
Die Stimmen sangen die alten, vertrauten Weihnachtslieder. Der Junge ging langsam vorwärts und presste dann sein Gesicht an das kalte Glas der Luke. Da stand er lange Zeit und schaute hinaus in den Weltraum, in die tiefe Nacht, in der zehn Milliarden hübsche weiße Kerzen brannten ...

Ray Bradbury

Das Weihnachtsgeschenk

Es war ein Tag vor Weihnachten, und noch während die drei zum Raumschiff-Flughafen fuhren, machten Mutter und Vater sich Gedanken. Es war das erste Mal, dass ihr kleiner Sohn in den Weltraum flog, das erste Mal, dass er überhaupt in ein Raumschiff stieg, und sie wollten, dass alles vollkommen war. Als sie am Zolltisch das Geschenk für ihn zurücklassen mussten, das nur wenige Gramm schwerer war, als die vorschriftsmäßige Gewichtsgrenze erlaubte, und auch den kleinen Baum mit den weißen Kerzen, fühlten sie sich um die ganze Weihnachtsfreude und um die eigene Liebe betrogen.

Der Junge erwartete sie im Abfertigungsraum. Während sie nach dem erfolglosen Zusammenstoß mit den interplanetaren Beamten auf ihn zugingen, flüsterten sie miteinander.

»Was sollen wir tun?«

»Nichts. Nichts. Was können wir tun?«

»Diese dämlichen Vorschriften!«

»Und er hatte sich so sehr einen Weihnachtsbaum gewünscht!«

Die Sirene heulte auf, und die Leute drängten sich in das Marsraumschiff. Mutter und Vater gingen schweigend am Schluss, ihren kleinen blassen Sohn zwischen sich.

»Ich werde mir schon etwas einfallen lassen«, sagte der Vater.

»Was ...?«, fragte der Junge.

Das Raumschiff startete, und sie wurden kopfüber in den dunklen Weltraum geschleudert.

Das Raumschiff ließ Feuer zurück und die Erde, auf der man den 24. Dezember des Jahres 2052 schrieb; es schoss hinaus, dorthin, wo es keine Zeit gab, keinen Monat, kein Jahr, keine Stunde. Sie verschliefen den restlichen »Tag«. Um Mitternacht irdischer Zeit und nach den New Yorker Uhren wachte der Junge auf und sagte: »Ich möchte aus der Luke sehen.«

Es gab nur oben auf dem nächsten Deck eine Luke, ein ziemlich großes »Fenster« mit einer Scheibe aus ungeheuer dickem Glas.

»Jetzt noch nicht«, sagte der Vater. »Ich nehme dich später mit hinauf.«

»Ich möchte sehen, wo wir sind und wohin wir fliegen.«

»Ich möchte aber aus einem bestimmten Grund, dass du noch wartest«, sagte der Vater.

Er hatte wach gelegen, sich von einer Seite auf die andere gedreht und an das zurückgelassene Geschenk gedacht, an das bevorstehende Weihnachtsfest, den verlorenen Baum mit den weißen Kerzen. Endlich, vor fünf Minuten, hatte er sich aufgerichtet und glaubte nun, einen Plan gefunden zu haben. Er brauchte ihn nur auszuführen, damit die Reise wirklich schön wurde.

MB

23
MB

kaum noch etwas zu sehen, und alles in ihm war so hübsch und warm und schön und golden, dass es mir den Atem verschlug. Aber dann kamen Mutter und Vater, und beide umarmten mich und sagten, herzlichen Glückwunsch zum Geburtstag, lieber Weihnachtsjunge, und komm, jetzt frühstücken wir erst einmal zusammen und trinken Kakao. Und an dem gedeckten Frühstückstisch, der voller Essen stand, saßen meine Schwestern und lächelten mich an. Wir wünschten uns alle drei ein frohes Fest: die kleine Augusta, die im August auf die Welt kam, ich, Julian, der Mittlere von uns, geboren an Heiligabend, und Juni, die Älteste, nicht schwer zu erraten, wann sie geboren wurde.

Maja Lunde

Die Schneeschwester

Ich bin mir sicher, dass ihr ganz genaue Vorstellungen davon habt, wie Weihnachten zu sein hat. Davon, wo ihr sein wollt, und was am Weihnachtsbaum hängen soll, und wie es duften soll, und mit wem ihr zusammen sein wollt. Außerdem möchtet ihr bestimmt, dass das Fest jedes Jahr ungefähr gleich abläuft. Mir ging es genauso. Und so wurde bei uns zu Hause Weihnachten gefeiert:

Meine Mutter und mein Vater schmückten den Weihnachtsbaum immer am Tag vor Heiligabend, nachdem meine Schwestern und ich ins Bett gegangen waren. Und wenn ich dann am Weihnachtsmorgen erwachte, machte ich mir jedes Jahr Sorgen, dass sie vielleicht doch nicht fertig geworden waren.

So leise, wie ich nur konnte, öffnete ich daraufhin meine Zimmertür und schlich über die Bodendielen im oberen Flur bis zu der Treppe, die ins Erdgeschoss hinunterführte. Dort blieb ich immer stehen, um zu lauschen, ob ich etwas hören konnte. Ich horchte auf Weihnachtsgeräusche: das Engelspiel mit seinen Glöckchen, das auf dem Kaminsims klingelte, ein Knabenchor, der Stille Nacht oder Schönster Herr Jesus sang. Die Knaben sangen so schön, dass ich immer ein wenig zitterte, wenn ich ihnen lauschte.

Wenn ich mir sicher war, dass alle Weihnachtsgeräusche vorhanden waren, schlich ich die Treppe hinunter. Anschließend ging ich zur Wohnzimmertür, vor der ich erneut stehen bleiben musste. Diesmal um zu schnuppern. Es sollte nämlich auch nach Weihnachten riechen. Bei uns daheim duftet Weihnachten nach einer Mischung aus Tannennadeln vom Weihnachtsbaum und weihnachtlichem Räucherwerk in einer Schale und Pfefferkuchen und Clementinen und Zimt, und nach Kakao, der übrigens besser schmeckt als alles andere.

Wenn ich mich also vergewissert hatte, dass es richtig nach Weihnachten roch, wagte ich es endlich, die Tür zum Wohnzimmer zu öffnen.

Im ersten Moment musste ich anschließend nur ganz still dastehen und blinzeln, denn vor lauter Weihnachtsschmuck war von unserem Wohnzimmer

24

»Onkel!«, bat der Neffe.
»Neffe«, antwortete der Onkel erbost, »feiere du Weihnachten nach deiner Art und lass es mich nach meiner feiern.«
»Feiern!«, wiederholte Scrooges Neffe. »Aber Sie feiern es ja nicht.«
»Lass mich ungeschoren«, brummte Scrooge. »Mag es dir Nutzen bringen. Es hat dir ja immer schon Nutzen gebracht.«
»Es gibt viele Dinge, die mir hätten nützen können und die ich nicht genutzt habe, das weiß ich«, antwortete der Neffe, »und Weihnachten ist eins davon. Aber ich weiß gewiss, dass ich Weihnachten, abgesehen von der Verehrung, die wir seinem heiligen Namen und Ursprung schuldig sind, immer als eine gute Zeit betrachtet habe, als eine liebe Zeit, als die Zeit der Vergebung und Barmherzigkeit, als die einzige Zeit, die ich in dem ganzen langen Jahreskalender kenne, da die Menschen einträchtig ihre verschlossenen Herzen auftun und die andern Menschen ansehen, als wären sie wirklich Reisegefährten nach dem Grabe und nicht eine ganz andere Art von Geschöpfen, die einen ganz andern Weg gehen. Und daher, Onkel, wenn es mir auch niemals ein Stück Gold oder Silber in die Tasche gebracht hat, daher glaube ich doch, es hat mir Gutes getan, und es wird mir Gutes tun, und ich sage ›Gott segne das Weihnachtsfest!‹«

Charles Dickens

Eine Weihnachtsgeschichte

Einmal, es war von allen guten Tagen im Jahr der beste, der Christabend, saß der alte Scrooge in seinem Kontor. Draußen war es schneidend kalt und neblig [...]. Die Tür von Scrooges Kontor stand offen, damit er seinen Kommis beaufsichtigen konnte, der in einem erbärmlich feuchten, kleinen Raum, einer Art Burgverlies, Briefe kopierte. Scrooge hatte nur ein sehr kleines Feuer, aber des Dieners Feuer war so viel kleiner, dass es nur wie eine einzige Kohle aussah. Er konnte aber nicht nachlegen, denn Scrooge hatte den Kohlenkasten in seinem Zimmer, und jedes Mal, wenn der Kommis mit der Kohlenschaufel in der Hand hereinkam, meinte sein Herr, es sei wohl nötig, dass sie sich trennten. Worauf der Kommis seinen weißen Schal umband und versuchte, sich an dem Licht zu wärmen, was aber immer fehlschlug, da er ein Mann von nicht sehr starker Einbildungskraft war.

»Fröhliche Weihnachten, Onkel, Gott erhalte Sie!«, rief da eine heitere Stimme. Es war die Stimme von Scrooges Neffen, der so schnell hereingekommen war, dass dieser Gruß das Erste war, was man von ihm bemerkte.

»Pah«, sagte Scrooge, »dummes Zeug!« [...]

»Weihnachten dummes Zeug, Onkel?«, sagte Scrooges Neffe. »Das kann nicht Ihr Ernst sein.«

»Es ist mein Ernst«, sagte Scrooge. »Fröhliche Weihnachten? Was für ein Recht hast du, fröhlich zu sein? Was für einen Grund, fröhlich zu sein? Du bist arm genug.«

»Nun«, antwortete der Neffe heiter, »was für ein Recht haben Sie, grämlich zu sein? Was für einen Grund, mürrisch zu sein? Sie sind reich genug.«

Scrooge, der im Augenblick keine bessere Antwort darauf bereit hatte, sagte noch einmal »Pah!« und brummte hinterher »Dummes Zeug!«.

»Seien Sie nicht böse, Onkel«, sprach der Neffe.

»Was soll ich anderes sein«, antwortete der Onkel, »wenn ich in einer Welt voll solcher Narren lebe? Fröhliche Weihnachten! Der Henker hole die fröhlichen Weihnachten! [...]«

Weihnachten

Markt und Straßen stehn verlassen,
still erleuchtet jedes Haus,
sinnend geh ich durch die Gassen,
alles sieht so festlich aus.

An den Fenstern haben Frauen
buntes Spielzeug fromm geschmückt,
tausend Kindlein stehn und schauen,
sind so wunderstill beglückt.

Und ich wandre aus den Mauern
bis hinaus ins weite Feld,
hehres Glänzen, heil'ges Schauern!
Wie so weit und still die Welt!

Sterne hoch die Kreise schlingen,
aus des Schnees Einsamkeit
steigt's wie wunderbares Singen –
o du gnadenreiche Zeit!

Joseph von Eichendorff

Zum 24. Dezember

Noch einmal ein Weihnachtsfest,
immer kleiner wird der Rest,
aber nehm ich so die Summe,
alles Grade, alles Krumme,
alles Falsche, alles Rechte,
alles Gute, alles Schlechte,
rechnet sich aus all dem Braus
doch ein richtig Leben heraus.
Und dies können ist das Beste
wohl bei diesem Weihnachtsfeste.

Theodor Fontane

Weihnachtslied

Vom Himmel in die tiefsten Klüfte
Ein milder Stern herniederlacht;
Vom Tannenwalde steigen Düfte
Und hauchen durch die Winterlüfte,
Und kerzenhelle wird die Nacht.

Mir ist das Herz so froh erschrocken,
Das ist die liebe Weihnachtszeit!
Ich höre fernher Kirchenglocken
Mich lieblich heimatlich verlocken
In märchenstille Herrlichkeit.

Ein frommer Zauber hält mich wieder,
Anbetend, staunend muss ich stehn;
Es sinkt auf meine Augenlider
Ein goldner Kindertraum hernieder,
Ich fühl's, ein Wunder ist geschehn.

Theodor Storm

Wenn es Winter wird

Wenn es Winter wird
Der See hat eine Haut bekommen,
sodass man fast drauf gehen kann,
und kommt ein großer Fisch geschwommen,
so stößt er mit der Nase an.

Und nimmst du einen Kieselstein
und wirfst ihn drauf, so macht es klirr
und titscher – titscher – titscher – dirr ...
Heißa, du lustiger Kieselstein!

Er zwitschert wie ein Vögelein
und tut als wie ein Schwälblein fliegen –
doch endlich bleibt mein Kieselstein
ganz weit, ganz weit auf dem See draußen liegen.

Da kommen die Fische haufenweis
und schaun durch das klare Fenster von Eis
und denken, der Stein wär etwas zum Essen;
doch sosehr sie die Nase ans Eis auch pressen,
das Eis ist zu dick, das Eis ist zu alt,
sie machen sich nur die Nasen kalt.

Aber bald, aber bald
werden wir selbst auf eignen Sohlen
hinausgehn können und den Stein wiederholen.

Christian Morgenstern

XIII

Advent

Es treibt der Wind im Winterwalde
die Flockenherde wie ein Hirt,
und manche Tanne ahnt, wie balde
sie fromm und lichterheilig wird.
Und lauscht hinaus. Den weißen Wegen
streckt sie die Zweige hin – bereit,
und wehrt dem Wind und wächst entgegen
der einen Nacht der Herrlichkeit.

Rainer Maria Rilke

Der Schneemann auf der Straße

Der Schneemann auf der Straße
trägt einen weißen Rock,
hat eine rote Nase
und einen dicken Stock.
Er rührt sich nicht vom Flecke,
auch wenn es stürmt und schneit.
Stumm steht er an der Ecke
zur kalten Winterszeit.
Doch tropft es von den Dächern
im ersten Sonnenschein,
da fängt er an zu laufen,
und niemand holt ihn ein.

Reinick, Robert

Quellen

Auszug aus: Elizabeth von Arnim, Mein himmlisches Königreich, Gartenglück mit Elizabeth von Arnim. Herausgegeben von Katrin Eisner S. 27-29 © 2015 Insel Verlag Berlin

Ray Bradbury, The Gift © 1952 by Esquire, Inc., renewed 1980 by Ray Bradbury.
Ray Bradbury, Das Weihnachtsgeschenk, aus dem Amerikanischen von Margarete Bormann Copyright der deutschsprachigen Übersetzung © 1981, 2008 Diogenes Verlag AG Zürich
aus: Ray Bradbury: Ausgewählte Erzählungen. 2008 Diogenes Verlag AG Zürich

Max Frisch, Mein Lebensabendhaus [vom Coppenrath Verlag mit der Überschrift „Was ich mir also wünsche …" versehen]
Aus: Leben, ja. Herausgegeben von Margit Unser. S. 58-68 © 2011 Suhrkamp Verlag Berlin

Hermann Hesse, Der Kavalier auf dem Eise.
Aus: Hermann Hesse, Sämtliche Werke in 20 Bänden. Herausgegeben von Volker Michels.
Band 6: Die Erzählungen 1 © 2001 Suhrkamp Verlag Frankfurt am Main. Alle Rechte bei und vorbehalten durch Suhrkamp Verlag Berlin

Tove Jansson, Zeitbegriffe [vom Coppenrath Verlag mit der Überschrift „Der Gast" versehen]
Aus: Tove Jansson, Das Puppenhaus. Erzählungen. Aus dem Schwedischen von Brigitta Kicherer.
© 2018 Verlag Urachhaus, Stuttgart

Auszug aus: Hanna Johansen, Es weihnachtet sehr … und ich bin noch immer die Katze.
Mit Illustrationen von Hildegard Müller © 2011 Carl Hanser Verlag GmbH & Co. KG, München

Auszug aus: Erich Kästner, Das fliegende Klassenzimmer © 1935 Atrium Verlag AG, Zürich

Auszug aus: Maja Lunde, Die Schneeschwester. Eine Weihnachtsgeschichte © 2018 btb Verlag, München, in der Verlagsgruppe Random House GmbH
Übersetzung: Paul Berf

Unbekannter Verfasser, Stiefelchen. Ein Märchen aus Schweden © Hekaya.de

Gertrud Wallis, Nikolaustag. Aus: Gertrud Wallis, Trotz allem: Bewahre Dir Deine Herzensheiterkeit. Briefe meiner Großmutter 1946-1954 aus einem Dorf bei Stettin. © bei der Autorin

Wir danken den Autoren und Verlagen für die freundliche Abdruckgenehmigung.